D0921648

(k)

Épisode

4

Mon soldat inconnu
Sophie Bienvenu

Illustrations de
Salgood Sam

la courte échelle

16:39 – Emxx dit :
T'es là ?

16:39 – A.n.i.t.a. dit :
Oui. :)

16:39 – Emxx dit :
Tu m'aimes-tu encore ?

16:39 – A.n.i.t.a. dit :
Ben oui ! :)

16:39 – A.n.i.t.a. dit :
(L)

16:40 – Emxx dit :
:)

16:40 – A.n.i.t.a. dit :
Pourquoi tu penses que je t'aime plus ?

16:40 – Emxx dit :
Ben je sais pas... On se voit plus tellement, avec ta job et tout... On fait plus les mêmes choses, on dirait.

16:40 – Emxx dit :
Pis j'ai peut-être été bizarre au dépanneur, vendredi, et hier à la cafétéria...

16:40 – A.n.i.t.a. dit :
Ouin...

16:40 – Emxx dit :
Tu veux venir souper à la maison ce soir ?

16:40 – A.n.i.t.a. dit :
Non, ce soir, je peux pas ; j'attends le nouveau pour le travail de français.

16:40 – Emxx dit :
Ah ! O.K. : (

16:41 – A.n.i.t.a. dit :
Mais à un moment donné cette semaine... demain ?

16:41 – Emxx dit :
D'accord. J'ai hâte !

16:41 – A.n.i.t.a. dit :
Moi aussi ! :)

Dernier message reçu le mardi 7 octobre à 16:41

Kevin va venir chez moi.

« À un moment donné », qu'il a dit ce midi.

J'en ai déduit que ça allait être ce soir.

Il FAUT que ce soit ce soir.

J'ai rangé ma chambre, mais pas trop, et préparé une liste de lecture de *tounes* que je suis sûre qu'il aimera, avec quelques-unes qui lui feront dire : « Wow, je pensais pas que tu connaissais ça ! » Pour être sûre qu'il ne tombera pas sur les vieilles chansons quétaines poches que j'écoute parfois (un malheur est si vite arrivé !), je les ai effacées de mon iPod.

Comme j'ai prévu de faire semblant d'avoir oublié notre « rendez-vous », ma tenue et ma coiffure sont étudiées pour faire comme s'il me prenait un peu au dépourvu, comme si j'étais *cute* tout le temps, même pas arrangée. Un mardi soir comme un autre. Look maquillé-démaquillé, coiffé-décoiffé, énervé-énervé.

Je ferai de mon mieux pour que le côté « énervé » ne paraisse pas trop.

Deux-trois livres de classe sont disposés négligemment sur mon bureau, mes magazines de fille sont sous le lit avec mes toutous, ma guitare est astiquée et prête à servir (comme si j'en jouais souvent)...

Tout est prêt. Il ne manque plus que lui.

J'espère que mon père ne me fera pas honte.

17:03 – Emxx dit :
Alors, ce soir, tu viens souper chez nous ?

17:04 – A.n.i.t.a. dit :
Euh...

17:04 – A.n.i.t.a. dit :
Kevin est pas venu hier, alors on fait ça ce soir, finalement...

17:04 – Emxx dit :
Tu me niaises ? J'ai annulé une sortie avec un super-beau gars pour te voir !

17:04 – A.n.i.t.a. dit :
Ben là... c'est pas le premier et ce sera certainement pas le dernier...

17:05 – A.n.i.t.a. dit :
On peut se reprendre demain, promis promis ?

17:05 – Emxx dit :
J'ai mon cours de baladi le jeudi, tu le sais.

17:05 – A.n.i.t.a. dit :
On peut se voir après ?

17:05 – Emxx dit :
Ouais. C'est ça.

17:05 – Emxx dit :
Bonne soirée avec KEVIN, là.

Emxx s'est déconnecté(e)

Dernier message reçu le mercredi 8 octobre à 17:05

J'ai encore attendu Kevin pour rien, hier soir.

Quand je me suis faite à l'idée qu'il ne viendrait plus, je me suis couchée sans me connecter sur MSN.

J'ai pleuré un peu, et je me suis trouvée très épaisse.

On doit pouvoir mourir d'avoir si mal. Ça a dû arriver quelque part. En Europe certainement. Mais je ne crois pas que quelqu'un, quelque part, même en Europe, puisse avoir aussi mal que moi, couchée dans mon lit, transformant mon oreiller en un saint suaire à base de larmes, de morve, de bave et de mascara.

Paris, 1940

Les troupes allemandes sont à nos portes. Je travaille comme serveuse dans un petit bistro de Montmartre appelé Le Don Quichotte. Chaque jour depuis trois mois, un jeune soldat vient boire son cognac, accoudé sur le zinc.

Je ne connais pas son nom. C'est mon soldat inconnu.

Nous échangeons quelques sourires timides, des regards discrets ; nos doigts s'effleurent quand je lui sers son verre et, le soir, avant de me coucher, c'est le souvenir de sa voix et de son rire qui me berce.

Hier, j'ai trouvé une note dans la poche de mon tablier :

« Portez demain votre robe fleurie dans laquelle vous êtes si belle si vous désirez que je vous retrouve à la fermeture. Kevin »

Drôle de prénom pour un jeune soldat des années 1940, et façon bien cavalière d'organiser un premier rendez-vous. Ma mère aurait désapprouvé.

Ma mère est morte.

Une chance.

Le lendemain, je porte évidemment la robe fleurie. Je n'ai pas fermé l'œil de la nuit, et le dos de ma main est usé tellement je m'en suis servi pour simuler des baisers enflammés. Chaque fois que la porte du café s'ouvre, mon cœur bat la chamade et menace de s'enfuir à cheval sur le courant d'air.

Mais ce n'est jamais lui.

Le jour d'après, je porte la même robe, et le jour qui suit également. Je la lave chaque soir et la reporte le lendemain, mais elle paraît de plus en plus sale, usée, terne. Peut-être parce que je la lave avec mes larmes.

J'apprends quelques mois plus tard qu'il a dû partir à la guerre le jour de notre rendez-vous et qu'il est mort au premier assaut allemand.

Je me suis mariée avec un vieux bonhomme même pas riche, un alcoolique notoire et peu porté sur l'hygiène. Il m'a fait douze enfants de force, sans amour et sans tendresse, me laissant chaque fois brisée sur la table de la cuisine.

J'aurais aimé mourir à la guerre, moi aussi.

Chez moi, 2008

Kevin a peut-être eu un accident. Il est peut-être tombé de son skate, victime d'un anévrisme.

Il est peut-être mort.

Il s'est peut-être fait tuer au premier assaut allemand.

Mais non.

Je suis presque déçue en le voyant arriver dans la salle de classe ce matin.

Il passe à côté de moi sans me remarquer, sans même m'adresser un « heille, désolé pour hier, j'étais mort, mais maintenant ça va mieux ». Il s'assoit au fond de la classe et griffonne dans son cahier, comme il le fait tout le temps.

Le cours n'est pas encore commencé. Lorsque Jonathan s'approche et me demande si on va se voir ce soir, je lui réponds que non, que j'ai rendez-vous avec Émilie après son baladi. Non, il ne peut pas se joindre à nous. C'est une soirée entre filles. Il y a un bon moment qu'on n'a pas fait ça. C'est prévu depuis longtemps. Oui, je sais qu'on se voit moins en ce moment, lui et moi. Non, je n'ai rien. Il ne se passe rien.

Mon chum prend un air grave :

— Est-ce que tu m'aimes ?

Le prof de maths entre dans la salle et me sauve in extremis.

Ou pas.

— Regagnez vos places et ouvrez vos livres à la page trente-neuf.

Jonathan reste planté là, à me fixer. Il espère une autre réponse que le sourire épais que je lui adresse, mais je n'ai que ça à lui offrir.

C'est ça ou un « non ». Un refus prononcé sur un ton désolé, comme quand un robineux me quête vingt-cinq cennes dans la rue. Un « non » de la tête, celui que je fais quand je suis scotchée devant la télé et que mon père me demande si j'ai des devoirs. Le même regard vide, la même absence de sentiments.

Tout le monde a regagné sa place, mais Jonathan persiste. Il attend une réponse comme un condamné attendrait le peloton d'exécution (je n'aurais pas dû regarder ce documentaire sur la Deuxième Guerre mondiale). Il a le même désir d'en finir, mélangé à une soif de vivre inextinguible.

Il me fixe.

C'est peut-être moi, en fin de compte, le condamné.

Le prof s'interrompt et l'interpelle :

— Tu finiras ta conversation après le cours. Va t'asseoir. Merci.

Mais Jonathan reste debout, attendant ma réponse.

Un chuchotement se fait entendre dans la classe. « Que se passe-t-il donc entre Anita et Jonathan ? »

Je me demande ce que Kevin pense de tout ce cirque, mais j'en ai déjà plein les bras avec mon chum sans aller rajouter un autre gars dans l'équation. Ça me mettrait trop de pression, et je ne suis pas bonne, sous pression.

La preuve : je réponds « oui ».

Un « oui » que j'aurais voulu rassurant, mais qui est sorti exaspéré.

Un « oui » pire qu'un « non ».

Un « oui » comme une claque en pleine face.

Jonathan s'éloigne de moi, sous le choc, récupère son sac sous sa chaise et sort de la classe en trombe, en marmonnant un « excusez-moi, je me sens pas bien » au prof abasourdi. Celui-ci me demande, un peu inquiet :

— Veux-tu aller voir ce qu'il a ?

— Non, que je réponds sèchement. (Comme quoi je suis capable.)

Peu après, alors que je suis occupée à ne pas être concentrée sur le cours de maths, Émilie me lance un papier plié (au moins) huit cent douze fois.

« Tu vas m'expliquer ce qui se passe, ce soir ? »

Je ne sais pas trop quoi lui répondre ; alors, vu l'efficacité qu'il a eue précédemment, je réutilise le désormais célèbre « oui ».

17:34 – Tania dit:
Es-tu allé chez elle, finalement?

17:34 – Kay dit:
Non. Ça me tentait pas.

17:34 – Tania dit:
O.K.

17:34 – Kay dit:
T'étais où mardi et hier soir?

17:34 – Kay dit:
T'étais pas connectée.

17:34 – Tania dit:
T'es jaloux?

17:35 – Tania dit:
:P

17:35 – Kay dit:
Je devrais?

17:35 – Tania dit:
Peut-être bien. ;)

17:35 – Kay dit:
T'étais où?

17:35 – Tania dit:
Chez un gars super-*cute* avec qui j'ai un travail d'équipe à faire.

17:35 – Tania dit:
Mais, finalement, on a rien fait.

17:35 – Tania dit :
Enfin, on a pas travaillé, mettons. : P

17:35 – Kay dit :
Pffff... T'es pas drôle.

17:36 – Tania dit :
Peut-être que je ne te niaise pas. ;)

17:36 – Kay dit :
O.K. Bye, d'abord.

17:36 – Tania dit :
Mais non, attends, là...

Kay s'est déconnecté(e)

Dernier message reçu le jeudi 9 octobre à 17:36

Enfin vendredi! Après avoir attendu pour rien toute la semaine que Kevin vienne étudier chez moi, je suis presque soulagée de travailler ce soir au dépanneur avec Mehdi.

J'ignore la façon dont il va réagir quand je vais lui annoncer que je me suis disputée avec Émilie et que nous ne nous parlons plus, lui qui l'imagine si parfaite. Il va certainement penser que c'est ma faute, et il ne serait pas vraiment loin de la vérité.

Je me demande aussi ce qu'il va dire quand je vais lui apprendre que j'ai laissé Jonathan (car j'ai laissé Jonathan hier, à midi, après la passe du «oui» qui voulait être un «non»). Je devrais peut-être commencer par lui raconter ça.

Lorsque j'arrive au magasin, Mehdi est occupé à chanter et à «air-guitarer» sur une vieille toune des Who.

— Ah! Anita! Fais la basse; arrive, là, le meilleur bout s'en vient!

Devant ma mine déconfite, mon ami me propose un échange:

— Tu préfères faire la guitare?

Je soupire. Il continue:

— Ben... je te dirais bien de chanter, mais on peut pas dire que ce soit ta force, hein...

Parfois, j'aimerais qu'il vive sur la même planète que nous.

Ou moi sur la sienne, c'est selon.

Je fais de mon mieux pour afficher toute ma misère et son poids sur mes épaules afin que Mehdi comprenne le message.

— Pourquoi tu fais cette tête-là ? Qu'est-ce qui se passe ?

Bon ! Enfin !

— J'ai passé une semaine INFERNALE...

— *You're on a hiiiighway to hell...*

Mes yeux le foudroient.

— O.K., pardon, pardon, je t'écoute. Raconte-moi.

J'inspire et commence une tirade que je lui balance sans reprendre mon souffle, le plus rapidement possible, pour éviter qu'il m'interrompe comme il le fait tout le temps :

— Kevin devait venir travailler chez nous un soir de cette semaine, alors j'ai refusé de voir Émilie. Ça l'a fâchée, et on s'est disputées, soi-disant qu'on ne se voit plus jamais, que j'ai changé, et tout... Enfin, bref, toute cette affaire pour rien, parce que, finalement, Kevin n'est jamais venu. Et puis, je ne suis plus avec Jonathan. On s'est chicanés, et il m'a accusée par MSN de le tromper — mais je lui ai dit que non. C'était vraiment affreux ! Et donc, avec tout ça, vu que je ne parle plus ni à Émilie ni à Jonathan, j'ai passé la journée d'aujourd'hui seule à l'école : les autres m'évitent pour ne pas prendre parti, mais je sais bien qu'ils sont d'accord avec eux ! Et, évidemment, Kevin se fout complètement de moi. Ça ne s'arrange pas.

Je reprends ma respiration.

— C'est à peu près ça.

Long silence.

Mehdi réfléchit, puis soudain :

— Chocolat et amandes ou vanille et noix ?

Le pot de Häagen-Dazs (lorsqu'on ne paie pas, on ne lésine pas sur la qualité) n'a pas fait long feu. C'est la bouche encore pleine que Mehdi me demande :

— Maintenant que t'es plus avec Jonathan, tu pourrais sortir avec Kevin, non ? Donc, tout n'est pas SI négatif ! Au fond, le seul problème, c'est qu'Émilie ne viendra plus te voir ici... Est-ce qu'elle t'a parlé de moi avant que vous vous disputiez ?

— Si c'était si facile ! Tu penses que je peux claquer des doigts pour qu'il me déclare son amour ?

— Hum... Oui, mais elle t'a parlé de moi ou pas ?

— Non. Donc, en fin de compte, ça ne change rien à rien, tout ça, à part que je n'ai plus d'amies et plus de chum.

Mehdi croise les bras et s'enfonce dans son siège.

— Moi, c'est pareil.

Nous avons soupiré et jugé que c'était le bon moment pour un câlin. Debout derrière le comptoir, dans les bras l'un de l'autre, nos malheurs respectifs auraient un goût moins amer...

Jonathan, lui, a jugé que c'était le bon moment pour entrer dans le dépanneur.

20:23 – JonAthan dit:
Tu vois quelqu'un d'autre?

20:23 – A.n.i.t.a. dit:
Mais non! T'es malade?!

20:23 – JonAthan dit:
Je suis sûr que tu vois quelqu'un d'autre.

20:23 – JonAthan dit:
C'est qui?

20:24 – A.n.i.t.a. dit:
Y a personne d'autre, je te dis.

20:24 – A.n.i.t.a. dit:
C'est juste que... je sais pas...

20:24 – JonAthan dit:
As-tu couché avec lui?

20:24 – A.n.i.t.a. dit:
Mais arrête!

20:24 – A.n.i.t.a. dit:
Je te jure que je ne t'ai pas trompé!

20:24 – JonAthan dit:
Tu me prends VRAIMENT pour un con.

JonAthan s'est déconnecté(e)

Dernier message reçu le jeudi 9 octobre à 20:24

Je reçois une décharge électrique, de celles qui annoncent un désastre imminent. Mon ex est hors de lui.

— Je le SAVAIS, hurle-t-il. Je le savais, qu'il y avait quelqu'un d'autre ! Tu m'as vraiment pris pour un cave !

Je reste figée sur place, incapable de dire ou de faire quoi que ce soit.

— Ça fait combien de temps que ça dure, là, toi pis lui ? Combien de temps ?

Il faudrait bien que je réponde.

— Réponds !

Voilà.

Mehdi s'approche de Jonathan, ce qui ne me semble pas être une bonne idée.

— Calme-toi, *man*, il se passe rien, là...

Toute la rage de Jonathan se reporte sur mon ami, ce qui me permet de respirer un peu, mais pas tant que ça, finalement.

— Oh ! toi, ta gueule !

— *Check*... calme-toi, y se passe rien, là...

Je suis comme ces filles, dans les films, qui sont témoins d'une chose atroce et qui ne sont capables de rien faire. Je ne pourrais même pas m'enfuir aux toilettes et m'y enfermer en attendant qu'une hache vienne défoncer la porte.

Je ne veux pas être une de ces filles-là. Elles meurent toujours au tout début.

— Calme-toi, bébé, je vais t'expliquer ; je te jure, c'est rien. Arrête.

— Parle-moi pas, toi. Pis appelle-moi PAS bébé !

La clochette de l'entrée retentit au moment où mon ex pousse violemment Mehdi, qui n'a pas l'air de penser à se défendre.

Est-ce la police, l'armée, la cavalerie ?

Presque.

Kevin devrait être la dernière personne que j'ai envie de voir ici en ce moment, mais un tel soulagement s'empare de moi que j'en pleurerais presque.

— Qu'est-ce qui se passe ici ? Ça va, Mehdi ?

L'intéressé lui fait signe que oui, et Jonathan reprend, toujours furieux :

— Non, ça va pas. Tu me voles ma blonde, pis tu dis que ça va ?

Je m'insurge.

— Jonathan, arrête, il s'est jamais rien passé, t'es fou ?

— Parle-moi pas ! Tu me dis non à moi pour aller avec lui ? C'est ça, ta *game* ?

Il s'approche de moi, menaçant. Il est rouge et crispé comme un haltérophile qui essaie de soulever huit autobus. Je ne le reconnais pas. Me revoilà figée.

— C'est ça, ta *game* ?

Jonathan m'agrippe le bras et le serre trop fort.

— Tu me fais mal, arrête. Il y a rien entre Mehdi et moi, t'es fou!

J'essaie de me libérer de son étreinte, mais c'est peine perdue.

Mehdi semble désemparé. Kevin fixe Jonathan. Ses mâchoires sont aussi serrées que ses poings. Il empoigne fermement l'épaule de mon agresseur.

— O.K., tu vas aller prendre l'air, je pense.

— T'es qui, toi?

La question sonne comme un crachat.

— Retourne jouer dans ta ruelle, le cave.

Je réussis à me défaire de l'emprise de Jonathan. Kevin se place entre nous deux.

— Va jouer dehors.

Combat de regards. L'air est irrespirable; toutes ces hormones vont finir par nous étouffer. De façon très inappropriée, je ne peux m'empêcher de remarquer que j'aime vraiment les sourcils de Kevin. Et sa bouche. Je voudrais passer ma main dans ses cheveux, mais ce n'est pas le moment. Y aura-t-il un moment? Bientôt? Quand?

La joute visuelle continue encore quelques instants, puis Jonathan abandonne et me jette un dernier coup d'œil avant de s'éloigner.

Je n'ai pas voulu ça.

La tension met quelques secondes à redescendre après que mon ex est sorti. Je me rends compte que j'ai la main sur le bras de Kevin. Et des papillons dans le ventre.

— Merci, que je lui souffle, encore un peu sous le choc (de l'altercation, du contact avec sa peau ou des deux).

— Ouais, merci, *man*... je sais jamais comment réagir dans ce genre de situation...

J'avais presque oublié Mehdi.

— Tu veux un pot de crème glacée ? C'est ma tournée !

— Nan... juste un paquet de *smokes*, pis les p'tits ours, là...

— Aaaaaaaaah... Je sais pas s'il m'en reste. Je vais aller voir en arrière. Bouge pas.

— Je bouge pas.

Kevin me tourne le dos. Je regarde ma main qui était posée sur son bras quelques instants auparavant. Elle n'a pas l'air différente.

Et pourtant...

C'est lui qui, contre toute attente, finit par briser le silence :

— Fak toi pis Mehdi, hein ?

Oh, non ! Pas lui aussi !

— Mais non ! Qu'est-ce que vous avez tous, à la fin ?

— Je sais pas, moi. Je dis ça pour parler.

— Depuis quand t'aimes parler, toi ?

— Hé ! hé !

J'ai envie d'arrêter la discussion ici et, toute seule dans ma tête, de continuer à le trouver beau quand il ricane. Mais je ne peux m'empêcher de saisir l'occasion :

— Tu devais pas passer chez moi cette semaine ?

— Hé ! hé ! T'en as pas assez de deux ? Ha ! ha !

Il regarde autour de lui, comme pour recevoir l'approbation de ses *chums* imbéciles, qui auraient certainement trouvé sa blague drôle. Il n'y a que moi. Et sa *joke*, je la trouve plate.

— T'es vraiment con, hein ? je lui demande.

— Ouin... pas mal, répond-il, honteux.

Mehdi nous rejoint avec une boîte remplie de paquets de petits ours en jujube et la tend à Kevin.

— Tiens, prends tout ça, ça me fait plaisir.

— Y va pas penser que c'est moi qui les ai volés, ton père ?

— Mais non, y sait bien que c'est moi qui vole des trucs ici !

Nous rions tous les trois de bon cœur.

— Bon... c'est ben beau, mais faut que j'y aille. Bye, *man* !

— À plus !

— ... bye, Princesse !

Pour toute réponse, je lui souris. Il me cligne de l'œil.

Maintenant, c'est officiel, je peux mourir.

De : Moi
À : 11:41
Date : Samedi

J'espère que tu m'en veux plus, il vient d'arriver
une catastrophe, je capote.

Je peux passer chez toi tantôt ?

De : Émilie
À : 11:58
Date : Samedi

Non, Jonathan est chez moi. Il ne va pas bien à cause
de toi.

De : Moi
À : 00:00
Date : Dimanche

:(OK. Bonne nuit alors.

— Non mais, pour vrai, elle t'a parlé de moi, Émilie, ou pas?

— Non, Mehdi.

— Je crois que je vais reprendre un peu de crème glacée.

À cette heure-ci, il n'y a pas beaucoup de clients, surtout quand il y a du hockey à la télé. Mehdi est assis dehors, son pot de crème glacée entre les cuisses, une cuillère dans une main, un paquet de chips dans l'autre.

Je me demande à quoi il pense. À Émilie, c'est certain. À son père, avec qui il s'est encore disputé hier, sans doute. À la raison pour laquelle ses bas se trouvent toujours à la même place, probablement.

Je le rejoins dehors après avoir texté Émilie. Si Jonathan est chez elle, je dois m'attendre à avoir les oreilles qui tintent tout le reste de la soirée.

C'est quoi l'affaire, d'ailleurs, d'aller se réfugier chez MA meilleure amie quand on se dispute, lui et moi? Il en a pas, des amis juste à lui, sans avoir besoin de se faire consoler chez les miens dès qu'il a une poussière dans l'œil? C'est quoi, la prochaine étape? Une fin de semaine de pêche avec mon père? Et pourquoi Émilie se soucie-t-elle tant du bien-être de mon ex? Ce n'est pas lui qui lui a prêté son nouveau chandail avant même de l'avoir mis ni lui qui a porté le blâme quand elle a cassé le rétroviseur de la voiture du voisin en essayant de se regarder dedans pour se remaquiller.

Il faut croire qu'ils ont développé un intérêt commun : dire du mal de moi derrière mon dos. Me *bitcher*, ça rapproche, on dirait...

Je n'ai pas mis de manteau et il commence à faire frais. Citrouilles et sorcières se sont mises à fleurir un peu partout. L'hiver arrive alors qu'on ne l'a pas invité.

— Pourquoi mes bas se trouvent toujours à la même place, tu penses, Anita ?

— Parce qu'ils frottent toujours à la même place.

— Dans ma tête, ça frotte toujours à la même place, aussi. Tu crois que je vais finir par avoir des trous dedans ?

Mehdi me fixe le plus sérieusement du monde et attend avidement mon avis sur la question.

Que voulez-vous que je réponde à ça ?

— Inévitablement.

— Ça va pas ben, alors, soupire-t-il en avalant une cuillerée de crème glacée.

Je laisse tomber ma tête sur son épaule (en espérant que Jonathan ne décidera pas de réapparaître), et quelques secondes passent avant que Mehdi brise le silence.

— On peut-tu vraiment dire que j'ai pas d'ambition parce que je veux pas reprendre le commerce de mon père et travailler dans un dépanneur toute ma vie ?

— Non.

— Merci.

Il pose sa tête sur la mienne, et je ne peux m'empêcher d'ajouter :

— En même temps... tu veux faire quoi, dans la vie ?

Mon ami réfléchit un instant, lance le paquet de chips vide dans la poubelle et referme le pot de crème glacée. Une série de pensées se succèdent dans ma tête. Je regrette de lui avoir fait cette réflexion. J'aurais aimé que Kevin reste. Que disent Émilie et Jonathan de moi en ce moment ? J'ai vraiment froid aux fesses. Quand est-ce que ça commence, « dans la vie » ?

Mehdi me regarde en souriant. Mon air sérieux l'amuse.

— Anita... Je sais pas ce que je veux faire dans la vie. En fait, je sais même pas quand ça commence, ce « dans la vie »-là. À vingt et un ans ?

Sa question reste en suspens.

Il reprend :

— Mais c'est pas vraiment grave, tout ça. Tu penses qu'elle fait quoi, Émilie, en ce moment ?

Je n'ai pas le temps de lui répondre qu'il enchaîne :

— Tu crois que ton ex est toujours fâché après moi ? J'aime pas quand le monde est fâché après moi... En tout cas, ça aurait été cool que Kevin reste, hein ? Ahah ! je pose trop de questions ! Bon. J'ai vraiment froid aux fesses. On rentre ?

02:19 – Tania dit :
T'es là ?

02:19 – Tania dit :
(k)

02:20 – Kay dit :
Yep.

02:20 – Kay dit :
(k)

02:20 – Tania dit :
T'es encore fâché ?

02:20 – Tania dit :
Je niaisais, tantôt, pour l'autre gars...

02:20 – Kay dit :
Je sais. Je suis plus fâché.

02:20 –Tania dit :
:)

02:20 – Tania dit :
Qu'est-ce que t'as fait ce soir ?

02:20 – Kay dit :
Me suis battu.

02:21 – Tania dit :
Pour vrai ?

02:21 – Kay dit :

Ouais.

02:21 – Tania dit :

Comment ça ?

02:21 – Kay dit :

Quand est-ce qu'on se voit ?

Dernier message reçu le samedi 11 octobre à 02:21

Le dimanche, toute la famille soupe ensemble. C'est la tradition.

Mon père aime ça, les traditions, mais uniquement celles qu'il a lui-même instituées.

Le repas dominical est une de celles-là.

Ce soir, nous sommes réunis autour du pâté chinois de ma mère. Depuis leur dispute, mon frère et P.O. sont encore plus amoureux qu'au premier jour et, bien sûr, papa n'a jamais deviné l'ampleur de la menace qui a pesé sur nous le mois passé. Parfois, je me demande s'il le fait exprès.

— Tu vois, P.O., c'est une bonne chose que tu envoies Thomas dormir ici de temps en temps. Toi, t'es tranquille ; tu peux t'occuper de tes affaires, et lui, des siennes. Ça fait du bien, parfois, que chacun...

Ma mère coupe mon père avant que la situation devienne vraiment inconfortable :

— D'ailleurs, Thomas, où en es-tu dans ta recherche d'emploi ?

— Ah ! c'est fini, ça. J'ai décidé de me consacrer à l'écriture pendant un an. Et si ça ne marche pas, alors je verrai ce que je ferai.

Maman soupire. Papa avale de travers.

Mon frère est tellement cool !

— T'as quel âge, là, mon fils ? intervient mon père. Vingt-sept, vingt-huit ans ? Là-dessus, t'as travaillé combien de temps ? Attention, je parle d'une vraie job… pas de tes… affaires, là. Combien de temps ? Un mois ? Un mois et demi ?

— Ben, quand même… plus. Un peu.

— Deux mois ? Jeanne, combien de temps a-t-il travaillé, si on met tout bout à bout ?

Thomas et P.O. rient dans leur assiette, et ma mère ne fait pas meilleure figure.

Pas besoin de télé quand on a un père comme le mien qui s'énerve tout seul.

Je me laisse aller à rêvasser en regardant ma main gauche encore toute retournée d'avoir été en contact avec le bras de Kevin. À moins que ce soit moi qui sois toute retournée et que ma main, elle, ne se doute de rien.

Depuis vendredi soir, même mes rêveries sont confuses. Elles ne sont qu'un collier d'images, de mots et de sensations. Quand j'essaie de commencer une histoire, tout se fait brasser, et mon scénario se transforme en un joyeux bordel.

C'est le fun.

— … pouvait pas venir ?

Au silence qui règne dans la pièce, je déduis que cette question de papa m'était destinée. Thomas affiche le petit sourire en coin de celui qui sait…

— Voyons donc, Anita, s'indigne mon père, qu'est-ce qui se passe avec toi ? Tu as un air niais depuis hier.

As-tu commencé à fumer du pot?

— Louis!

— Je demande, Jeanne. Il ne sera pas dit que ma fille fume du pot sans que je sois au courant. Pourquoi as-tu un air niais, Princesse?

Il a prononcé le mot magique. Le petit train de visages, de skates, de bras, de baisers, de Kevin, Kevin et encore Kevin, est reparti, apportant avec lui le sourire qui inquiète tant mon père.

— Jonathan ne pouvait pas venir? Anita? Anita, JE TE PARLE!

— Oui, je t'écoute! Non.

— On ne le voit plus tellement, hein?

— Euh... non. Non.

Mon frère intervient:

— T'es mieux de faire une croix dessus, je pense, p'pa.

— Sur Jonathan? Comment ça? Pourquoi suis-je toujours le dernier au courant de tout dans cette maison? C'est quand même terrible, ça! T'es plus avec Jonathan, Princesse?

Encore le mot magique. Sourire niais. Train-train. Kevin.

En fond sonore, mon père prévoit finir seul à l'hospice pour vieux, abandonné, puisque ses enfants le traitent déjà comme un étranger.

La sonnette retentit. Papa en rajoute :

— Ben voilà. Puisqu'on peut si bien se passer de moi, je vais au moins faire le domestique et aller ouvrir.

Thomas ajoute qu'il a justement une couple de caleçons sales à laver, et nous rions tous.

La voix de papa m'interpelle de l'entrée :

— Anita ! C'est Jonathan !

Je recrache presque mes patates pilées, et un petit pois menace de m'étouffer.

Je suis livide. Blanc nappe blanche.

— Mais non, Princesse ! Je te fais marcher ! C'est un nouveau.

Malaise dans l'assemblée. Sa *joke* est tombée à plat.

Bien fait.

Je cours vers l'entrée, persuadée que c'est Mehdi qui vient prendre de mes nouvelles, et tombe nez à nez avec Kevin, planté en bas de l'escalier, les mains dans les poches.

Je ne porte pas ma tenue ni ma coiffure étudiées pour faire comme si j'étais *cute* tout le temps, même pas arrangée. Je suis juste normale. Prise au dépourvu.

— Il est drôle, ton père, commente-t-il sur un ton monocorde.

— Non. Il est chiant.

21:39 - Thomas dit :
Ouin... pas mal *cute,* ton Kevin.

21:39 - Thomas dit :
: P

21:39 - A.n.i.t.a. dit :
Non mais là... il était juste venu pour travailler sur notre truc de français...

21:39 - Thomas dit :
Ouin. Me semble. :P

21:40 - A.n.i.t.a. dit :
:)

21:40 - Thomas dit :
Bon, ma p'tite sœur est en amour. :D

21:40 - A.n.i.t.a. dit :
Oui ! :(

21:40 - A.n.i.t.a. dit :
Mais j'ai fait une grosse connerie. : ' (

Dernier message reçu le dimanche 12 octobre à 21:40

– T'étais en train de manger?

– Euh... oui. Mais on a fini.

– O.K.

– Tu viens pour le devoir de français?

– Ben... ouais.

Ben oui. Épaisse.

– Tu veux monter?

– Euh...

– Travailler, je veux dire... enfin, ma chambre est en haut. Pour travailler. Mon bureau. Dans ma chambre.

Arrête de parler, Anita, arrête de parler!

– Euh... ouin. Ça sent bon.

– C'est le pâté chinois de ma mère.

– Ah!

– T'as faim?

– Non.

– On pourrait...

– Un peu, me coupe-t-il.

– Il en reste.

– Cool.

N'est-ce pas la plus belle conversation qui ait jamais eu lieu?

Kevin est assis dans MA cuisine, à MON comptoir, et mange, avec MES ustensiles, le pâté chinois de MA mère que JE lui ai fait réchauffer dans MON micro-ondes.

Pas question que je lave cette assiette, et encore moins cette fourchette.

J'essaie de ne pas sourire bêtement, mais j'ai beaucoup de mal à me contenir.

— C'est bon.

— T'en veux encore ?

— Non.

— Donc on pourrait...

— Ben s'il en reste... reprend-il.

Je souris et lui ressers une assiette que j'ai fait réchauffer.

— Tu dis jamais oui du premier coup ?

— Non. Hé ! hé !

Évidemment, il faut que ce moment parfait soit interrompu par mon père, qui, pour la première fois de sa vie, a décidé de débarrasser la table.

— Ne vous occupez pas de moi... je ne fais que passer !

Et il se met à siffler.

Kevin garde le nez dans son assiette pendant que papa s'affaire autour du lave-vaisselle.

Mes essais pour détendre l'atmosphère s'avèrent infructueux.

J'ai l'impression d'être sur une scène grandiose, avec tous les spots braqués sur moi, au milieu d'une pièce de théâtre. Seulement, j'ai oublié mon texte.

« *J'aime. Ne pense pas qu'au moment que je t'aime, innocente à mes yeux, je m'approuve moi-même, ni que du fol amour qui trouble ma raison...* », puis plus rien. Le vide total. Le public est pendu à mes lèvres, et le reste de la tirade n'arrive pas.

On me lance des tomates, des détritus, je crois voir passer un cadavre de rat, mais c'était peut-être un tournevis.

Mon interprétation de Phèdre ne faisant pas l'unanimité, je retourne à ma cuisine et à Kevin.

— On monte travailler dans ma chambre ?

— Comme tu veux, là...

Évidemment, mon père saisit cette occasion de s'immiscer dans la conversation :

— Voilà ! Tu iras loin, toi ! Tu sais déjà parler aux femmes !

Et il rit. Prenant le sourire de Kevin comme une invitation à continuer, il poursuit :

— Tu dois toujours leur répondre que c'est comme elles veulent. Et après, tu fais ce qui te plaît. Mais bon... tu apprendras avec le temps que, malheureusement, elles ont souvent raison.

Il se trouve drôle. Il s'assoit en face de Kevin.

Je veux mourir.

Si je cherchais une raison de le détester, en voilà une bonne. Ma mère pénètre dans la cuisine avec le reste de la vaisselle sale. Elle range le tout en moins de deux, agrippe mon père qui soliloque toujours et l'entraîne dans l'autre pièce.

— Il est drôle, ton père.

— Non. Il est vraiment chiant.

Nous restons comme ça pendant quelques minutes, hypnotisés par le bruit assourdissant du frigo et le bourdonnement de la conversation dans l'autre pièce.

C'est Kevin qui parle le premier :

— C'était quoi, l'affaire avec ton gars, vendredi ?

Décidément, on pénètre dans cette cuisine comme dans un moulin : cette fois, c'est Thomas et P.O. qui s'apprêtent à rentrer chez eux. Ils viennent me dire au revoir. Tant mieux si ça crée une diversion ; je n'ai pas envie d'expliquer « l'affaire avec mon gars, vendredi ».

— C'était le prof de français, remarque Kevin.

— Oui. C'est le chum de mon frère.

— Son chum de gars ?

— Son « conjoint ».

— Ah ouin ? O.K.

Le lave-vaisselle se joint à la conversation que le frigo tenait avec le micro-ondes.

— *La ferme des animaux*, ça ferait, tu penses ?

Kevin passe du coq à l'âne (mon père serait fier de cette *joke*-là. Moi, nettement moins.)

— Ouais, ce serait bien ; c'est pas trop difficile pour toi.

Bourdonnement d'un désastre imminent.

— Qu'est-ce tu veux dire par « pas trop difficile pour toi » ?

— Ben tsé, vu que t'es en retard, et tout...

Ta gueule, Anita.

— En retard ?

Désastre. J'essaie (en vain) de me rattraper.

— Ben oui... c'est pas trop ton truc, les choses intellectuelles... mais c'est pas un problème, on va s'arranger.

J'aurais aussi bien pu lui donner un coup de chaise ou lui balancer mon verre de jus en plein visage, ça aurait eu le même effet.

Kevin arbore la même expression qu'au moment de son altercation avec Jonathan. Il descend du tabouret.

— Bon ben, je vais y aller, moi.

— Mais non, attends, là...

— Tu le choisiras toute seule, ton livre ; j'm'en sacre.

— Kevin...

C'est la première fois que je m'adresse à lui en l'appelant par son prénom. J'avais imaginé ce moment un nombre incalculable de fois, mais jamais de cette façon.

Je le suis jusqu'à la porte et le retiens par le bras avant qu'il sorte.

— Attends, j'ai vraiment pas dit ça méchamment !

— Tu me trouves-tu si cave que ça ?

Il me regarde tellement profondément que je sens mes organes se tasser pour lui laisser de la place. Je voudrais lui répondre que, parfois, je dis des choses qui sortent tout croche, que je le trouve beau, drôle, qu'il n'est pas cave du tout, qu'il m'émeut, qu'il m'intimide, que je l'aime.

Je t'aime, je t'aime, je t'aime, je t'aime...

— Mais... non... je...

— Laisse faire, là ! Laisse faire.

Il est parti.

22:58 – Kay dit :
(k)

22:58 – Tania dit :
Allo ! :)

22:58 – Kay dit :
Je regarde tes photos, là... t'es belle.

22:58 – Tania dit :
: $

22:58 – Kay dit :
(k)

22:58 – Tania dit :
(k)

22:59 – Kay dit :
J'ai le goût de te voir.

22:59 – Tania dit :
Moi aussi.

22:59 – Kay dit :
(k)

22:59 – Tania dit :
(k)

22:59 – Kay dit :
Tu me trouves-tu cave ?

22:59 – Tania dit :
Ben non ! Pourquoi ?

22:59 – Kay dit :
Pour rien.

23:00 – Kay dit :
Quand est-ce qu'on se voit ?

Dernier message reçu le dimanche 12 octobre à 23:00

Paris, 1940

Les troupes allemandes sont à nos portes. Je travaille comme serveuse dans un petit bistro de Montmartre appelé Le Don Quichotte. Chaque jour depuis trois mois, un jeune soldat vient boire son cognac, accoudé sur le zinc.

Je ne connais pas son nom. C'est mon soldat inconnu.

Nous échangeons quelques sourires timides, quelques regards discrets, nos doigts s'effleurent quand je lui sers son verre et, le soir, avant de me coucher, c'est le souvenir de sa voix et de son rire qui me berce.

Hier, j'ai retrouvé une note dans la poche de mon tablier :

« Portez demain votre robe fleurie dans laquelle vous êtes si belle si vous désirez que je vous retrouve à la fermeture. Kevin. »

J'ai fait des confettis avec le papier.

J'ai fait des confettis avec la robe.

J'ai fait des confettis avec mon soldat inconnu.

Je m'en vais mourir à la guerre.

DANS LE PROCHAIN
ÉPISODE

Ça y est. J'ai tout gâché. Émilie ne me parle plus, et j'ai insulté l'éventuel homme de ma vie, qui ne me pardonnera jamais.

Je suis seule au monde.
Tout est triste et laid.

Et Tania, avec sa manie d'écrire sans réfléchir, a décidé, elle aussi, de me mettre dans le pétrin.

C'est ça, le problème, avec les personnages inventés. Des fois, on ne les contrôle plus.

**EN VENTE PARTOUT
LE 20 JUILLET 2009**

Sophie Bie

LA DISCUSSION DE L'HEUR

La jalousie : sentiment nocif
ou preuve d'amour ?

epiz

LES SÉRIES LES AUTEURS CAPSU

nu blogue !

(k)
Épisode 4

Mon soldat inconnu

Sophie Bienvenu

zoo
OM

Sophie Bienvenu

Sophie Bienvenu est une fille, une jeune fille ou une femme, selon son humeur. Elle possède un chien, des draps roses et un sofa trop grand pour son appartement. Après avoir subi une formation en communication visuelle dans une prestigieuse école parisienne, elle a décidé d'exercer tous les métiers possibles jusqu'à ce qu'elle trouve sa vocation. C'est en 2006, lors de la parution de *Lucie le chien,* que Sophie Bienvenu a décidé de devenir une auteure (idéalement célèbre et à succès) ou du moins d'écrire des histoires qui plaisent aux gens. Dans sa série *(k),* elle dépeint des jeunes évoluant sur fond d'amour, d'humour, de drame et de fantaisie.

Salgood Sam

Au début des années 1990, Salgood Sam fait de la bande dessinée et de l'animation tout en pratiquant d'autres formes d'art. Depuis l'an 2000, il se livre aussi à l'écriture, au « blogging » ainsi qu'au « podcasting ». Il a publié plus d'une trentaine de titres de bandes dessinées chez Marvel et DC Comics, et a été finaliste dans la catégorie « talent émergent » à l'occasion de la première édition des prix Doug Wright en 2005. En 2008, il a collaboré avec l'auteur et éditeur Jim Monroe à la publication du roman graphique *Therefore Repent*. En 2009, plusieurs de ses nouvelles paraîtront dans les anthologies *Comic Book Tattoo* et *Popgun 3*. La publication de *Revolver R* est également prévue pour octobre 2009. *(k)* est la première collaboration de Salgood Sam avec la courte échelle.

Les éditions de la courte échelle inc.
5243, boul. Saint-Laurent
Montréal (Québec) H2T 1S4
www.courteechelle.com

Direction littéraire : Julie-Jeanne Roy

Révision : Leïla Turki

Direction artistique : Jean-François Lejeune

Infographie : D.Sim.Al

Dépôt légal, 2ᵉ trimestre 2009
Bibliothèque nationale du Québec

La courte échelle reconnaît l'aide financière du gouvernement du Canada par l'entremise du Programme d'aide au développement de l'industrie de l'édition pour ses activités d'édition. La courte échelle est aussi inscrite au programme de subvention globale du Conseil des Arts du Canada et reçoit l'appui du gouvernement du Québec par l'intermédiaire de la SODEC.

La courte échelle bénéficie également du Programme de crédit d'impôt pour l'édition de livres – Gestion SODEC – du gouvernement du Québec.

Catalogage avant publication de Bibliothèque et Archives nationales du Québec et Bibliothèque et Archives Canada

Bienvenu, Sophie

    Mon soldat inconnu

    (Epizzod)

    (K ; épisode 4)

    Pour les jeunes de 14 ans et plus.

    ISBN 978-2-89651-152-5

    I. Salgood, Sam. II. Titre. III. Collection: Epizzod.

PS8603.I357M66 2009   jC843'.6   C2009-941086-9
PS8603.I357M66 2009

Imprimé au Canada

DANS LA MÊME SÉRIE